U0029582

我的青春
我的FORMOSA
II. 惡夢醒來

林莉菁◎著

1

庄腳囝仔ㄟ台北大夢

因為台北有美國漢堡！

太棒了！我居然跟**美國人**吃一樣的東西！

美國食品耶！全世界上最棒的。

哈哈，吃**美國漢堡**最時髦！

麥當勞當時剛在台北開幕，是許多小孩嚮往的夢想之地。

老爸向來討厭大城市複雜的交通，雖然不是他開車，還是很緊張。

安啦，我們隨機應變…

老爸

台北市街道圖

表叔

台北並非一開始就是台灣的重心所在，從十七世紀大航海時代的海圖可以看出，台灣南部，更精確而言是西南部，才是台灣早期的「中心」。

福爾摩沙島
（十七世紀台灣地圖）

台北城
（未來的台北，當時淡水更有名）

哈哈，福爾摩沙島是我們**荷蘭人**的！

我得找到適合的土地開墾…

來自中國大陸的**漢人**移民

喂，這是我們的**土地**耶。

算了，這些外來的「白浪」根本不在意啦。

（福爾摩沙原住民族）

給我記住，我們**西班牙人**一定會報仇的！

台北
（首都）

風水輪流轉，島嶼中心移向北方後，台灣地圖也跟著換了方向。

今日**台灣**地圖

6

7

但在台北這所明星女校中，群星閃耀，我這
個庄腳狀元顯得一無是處。

不論相貌、功課、個性或人文素養，
多數學生幾乎樣樣滿分。

我的狀元光彩在此光華盡失，我只是巨星
旁的黯淡小行星。

回想起來，其實這樣也好，讓我趁早意識
到人外有人，天外有天。

小文跟我一樣，我倆都只
是班上成績中等的學生。

還在小鎮唸書時，只要成績好，就是校園名人。

反觀台北明星學校的學生不但會唸書，藝文涵養、運動或外語能力，養成資源之豐富，鄉下孩子難以望其項背。

我只是隊伍中的一員…

她則在台上用英文致詞，歡迎外賓。

我跟著隊伍動作…

她在舞台上獨撐全場，
發光發熱。

我終於明白，
我是**如此平凡**…

進入明星高中後，我才慢慢了
解，必須調適自己的心情與價值
觀。分數不是人生的全部，我得
找到真正屬於自己的生命座標。

2

高中鬱卒藍調

1990年，
我十七歲。

文學、繪畫、歷史與詩歌…

我沒有時間去細細品味。

考試第一

答案

教師

80

只有分數重於一切。

搶答大作戰

請問：X鐵路經過中國哪些城市？

唸書只是一場又一場的競賽。

兵！

1

X鐵路經過A、B、C、D等城市…

答對了！

1

地理與歷史只是背誦一堆無意義的名詞。

來，我教你們怎麼記住這些要點…

明星學校所謂的名師，不是教你思考的人，而是那些讓學生獲得高分的考試專家。

只要背熟我整理的表格，包準你們考高分。

上完一天的課後，我們還會留校自習。

我們要去吃飯了，一起來吧？

幫我買個便當吧。

好。

我終於上大學囉！

以上純屬狂想，課本不會吃人的。

啊……

我咬咬咬
我啃啃啃
我嚼嚼嚼

天啊！

救命啊！

？

多看書當然是好事，只是，在升學主義下，書本只是考試的工具，沒有任何靈魂可言。

對一個高中生而言，生活的意義，只在於聯考過關。我知道中國哪些鐵路經過哪些城市，卻對台灣一無所知。腦袋裡塞滿了一堆考試用的知識，心靈上卻相當空虛。

如果有宗教信仰，我會不會心理比較踏實，比較快樂？

隻身在外地求學，踽踽獨行，實在難受，我曾試著接觸某些宗教團體。

有人很快地選擇了他們想要的人生路途。

嘩啦！

22

好幾位同學都已經受洗,我沒有跟進。我希望成為某個團體的一份子,但對宗教信仰興趣並不大。有一天,聚會負責人說…

上帝說,我們就像葡萄樹的枝幹。神就是葡萄樹…

如果有些枝幹不結果,神會砍除它們。

我沒有等到被神開除,就離開了這個團體。

無論在家庭或學校,沒有人真的能協助我們補滿心靈上的空虛。就像談戀愛與學化妝,只能靠自己摸索與學習。

還好學校不是只有聯考名師,還有像沈老師這樣特別的教師。

她聲音輕柔…

高中　歷史

上她的歷史課，歷史不再只是年代、
人名與事件的堆砌。

聯考成
功密招

筆記

參考書

模擬考

測驗卷

練習題

聯考秘笈

「喔，船長！我的船長啊！
這場令人驚恐的旅程已然結束…」

《喔，船長！》是惠特曼的詩作，電影《春風化雨》的主角基亭教授談到這首詩。教授的教學方法與眾不同，而在升學洪流中，我有幸找到了我的基亭教授。

報告老師！

有什麼事嗎？

我們很高興您教給我們許多課本以外的知識，讓我們彷彿身在大學…

可是大學聯考就快到了，我們最好還是專心準備考試。其他的知識，我想我們可以等到上大學了再說。

5. 4. 3. 2. 1. …

聯考必勝

搶答 5 大作戰☆

我什麼也沒說。我感覺自己與班上大多數人的想法相差千里。我不記得沈老師是否就此改變了她的上課內容，不過，當年聯考歷史科出題方式有所改變，新式題目不再只考背誦，但上過沈老師的課程，回答這樣的新試題並不困難。

27

升學考試

3

06.04.89

旅法多年，我早已不是觀光客，但法國仍有許多事物讓我大開眼界，比如說數年前高中生反CPE青年就業方案的示威潮。要是在台灣，有人可能還是會認為，這是政治「污染」校園。

有些台灣人認為學生應該「中立」，應該要「乖巧」，不應該涉足政治。

※ 法國高中生大罷課反青年就業方案

明星高中三年，不眠不休，我們希望的只有挺過大學聯考這關，考上好學校。

大學聯考成功課表						
	週一	週二	週三	週四	週五	週六
9H	數學	國文	歷史	數學	地理	英文
	國文	歷史	數學	地理	英文	國文

一九八九年六月，中國天安門廣場上的民主運動成了世界焦點，後續發展超乎想像…

看到國際媒體上這些畫面，我呆住了。從小，我們被灌輸中國文化有多優秀，一九八九年夏天，我看到它極其醜惡的一面。

我敢像王維林一樣,以肉身阻擋坦克嗎?我敢像天安門廣場的學生一樣站出來嗎?

我只是個沒種的蒼白學生。

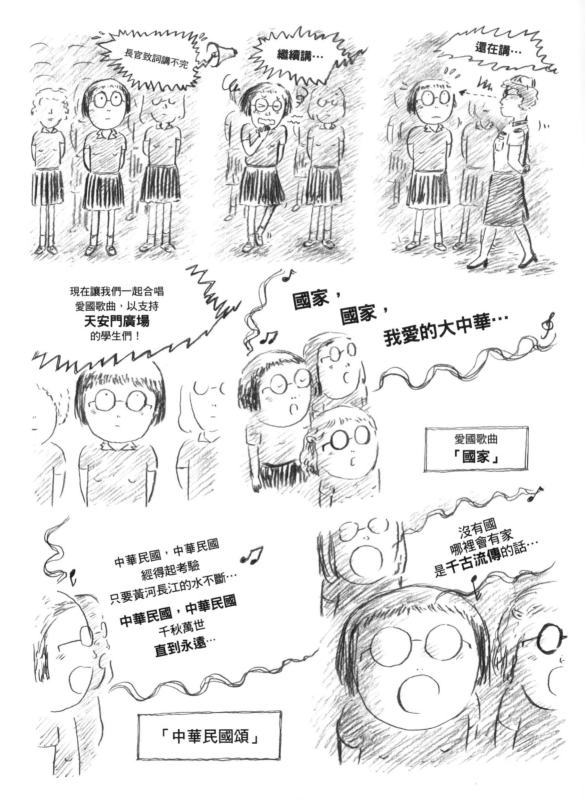

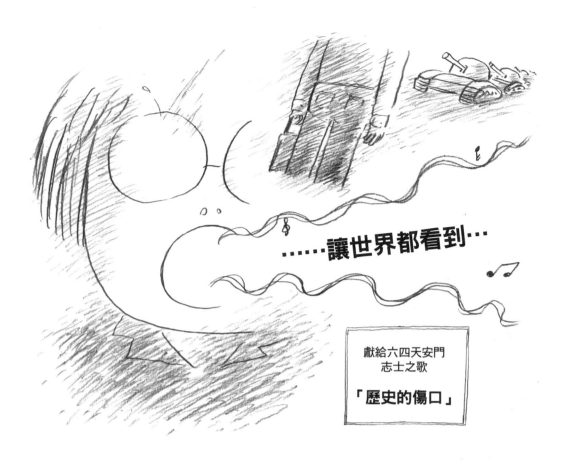

……讓世界都看到…

獻給六四天安門
志士之歌

「歷史的傷口」

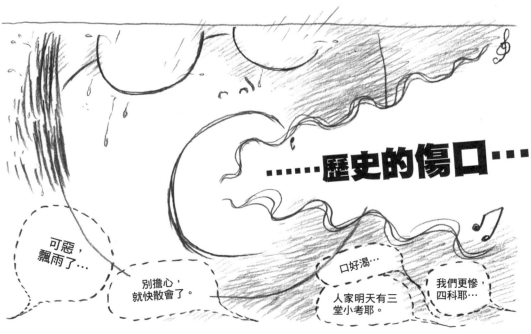

……歷史的傷口…

1990年三月，距離六四天安門大屠殺已經九個月了，離聯考還有四個月。

一塊走吧！

我還沒唸完，你們先走吧。

台北第一女子高級中學

要不要去中正紀念堂走走？

現在千萬不要過去！

聽說廣場上有大學生示威抗議，場面混亂，最好離遠些，免得惹上麻煩，聯考馬上就要到了…

總統府

他們要求資深國代下台，還罵人家「**老賊**」。他們已經佔據中正紀念堂廣場好多天了，真是亂來！

真的嗎？

如果聯考出這題，我們該怎麼作答？

某某大學

中部大學

改革萬年國會

老賊下台！

改革

改革

改革

我們走吧。

喔。

香蕉

為什麼這些大學生不好好唸書，反而跑去靜坐抗議？為什麼他們要侮辱老國代？
高中奮鬥三年，就是為了考上好大學，他們幹嘛這樣浪費自己的生命？

包子攤

謝謝。

老牌冷飲
公園號

酸梅湯

等我們考上大學，絕對不會像那些抗議的學生亂來！

?!

怎麼啦?
看到鬼啦?

2009 年?現在才
1989 年啊。「莫忘
六四」…難道二十
年後,人們會逐漸
淡忘這麼嚴重的歷
史事件?

那是二十
年後的我
嗎?

莫忘六四
天安門
大屠殺
1989
-
2009

....

哈哈,沒有啦。

你怪怪
的喔。

莫忘六四
天安門
大屠殺
1989
-
2009

二十年後，我參加了巴黎的六四紀念活動。

2009 年，巴黎艾菲爾鐵塔 Trocad ro 廣場

為了紀念六四
二十週年…

莫忘六四
天安門
大屠殺

六四天安門事件 1989-2009

台灣異議人士
支持
中國異議人士

廣場上有不少人，不過對觀光客而言，巴黎鐵塔才是他們的焦點。

當天有人介紹我認識一位中國來的林女士，她曾被打成右派，遭受迫害。

林女士想跟您
說說話。

您好。

她曾在中國反右風潮中遭受整肅，離開中國後，積極參加民主活動。
我們聊了一下，她給我她的連絡方式。

喀嚓

喀嚓

！

好奇怪喔，有個中國人一直不停地拍我。

那是中國官方的「抓耙仔」，他們常在海外活動出沒，目的就是要讓反對中國政府的人害怕。

唉呀…

對了，那位林女士給我她的連絡電話喔，她人挺好的…

?!

我的背包…

??

你錢包還在嗎？

還在，不過演講稿不見了，上面有林女士的電話號碼。

44

在巴黎參加示威活動時，我也遇過一些奇怪的事情…

有個中國政府的爪牙在示威時拍下了我的模樣…

結果他找上門來威脅我…

安啦，我們可是在法國耶，**這是人權立國的國家。**

自由、平等、博愛…法國政府會挺我們的啦。

可是法國也得跟中國做生意，賣給他們高速鐵路（TGV）、空中巴士或核電廠…

我們台灣根本不算什麼。

MAIRIE（※市政府）

LIBERTÉ ÉGALITÉ FRATERNITÉ （※自由平等博愛）

吃飽才有力氣抗爭，我們去吃越南河粉吧？

贊成！

45

4

惡 夢 醒 來

48

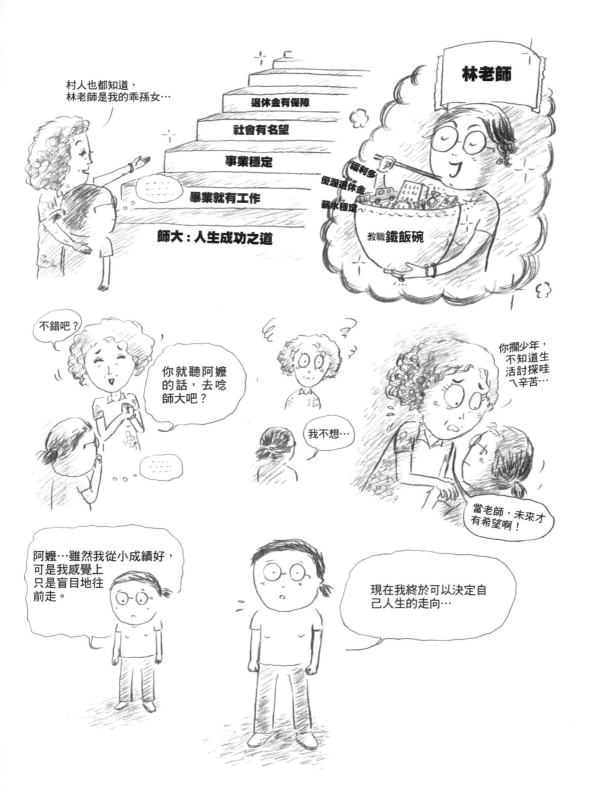

49

那你要選什麼系？
法律？經濟？

我想念
歷史系。

金害…

阿嬤
你還好吧？

鐵飯碗

退休金

社會聲望

師大之路

事業

工作

保重啊。

就這樣，我做了決定。當
然，也知道人生的抉擇有
其代價與風險。

總之，我終於踏進了這所
日本時代即設立的大學，
成了阿舅的學妹。

台大地圖

在升學牢籠禁錮多年，大學是我的美麗新世界。

社團招生大會

武術性社團　大新社　蛋糕社　薪傳社　卡漫社

MAN

天啊，
一百多個社團，
我要從何選起？

劍道社　柔道社

有些教授毫不避諱地批判黨國體制，
我第一次見識到這樣犀利的言論。

台灣地方派系

分而治之，國民黨就是這樣掌控地方政治。

學校附近也有民間學者講學，
各式資源豐富。

中國
傳統思想

曾有人批評台灣大學生不重課業，
過於逸樂。

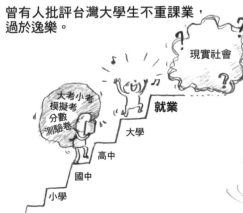

現實社會

大考小考
模擬考
分數
測驗卷

就業

大學

高中

國中

小學

課本
必勝
考秘笈
必勝

可是，對我這一代的年輕人而言，在進入職場前，只有大學這四年完全屬於自己，完全自由自在的四年。

就在大學時代，我的內在開始了質變，想要活出自己的人生。

大學時代，我彷彿才從長長的黑夜中醒來。

我參加了一個文化性社團，逐漸發現身邊許多美麗的古老事物。

就在老家附近，可是我從來沒注意到…

我從來不知道這邊有座鳥居…

這裡本來還有座神社呢。政府來台後，積極抹除日本時代的痕跡，這座鳥居還好倖免於難。

東港王船祭

喀擦 喀擦 喀擦 喀擦 喀擦

真是壯觀啊。

真好呷

你就住在隔壁村,難道從來沒看過燒王船?

沒有耶,這是我第一次來…

不論是家庭或學校,並不鼓勵我們去親近這樣的民俗活動,因為對唸書沒什麼幫助。而我也真的就這樣傻呼呼地自絕於外。

別太苛求了…

這些年輕人的歷史教育就是這樣啊。

對了,你聽說過馬克吐溫嗎?

當然,他的《湯姆歷險記》真好看!

以前的威權政府怕共產主義怕得要死,據說有人認為馬克吐溫與馬克思同一掛人物,曾打算禁他的書。

馬克吐溫　　**馬克思**

當然,這很可能是民間虛構的小故事,以諷刺當局杯弓蛇影的心態。

POPEYE THE SAILMAN

還有,你看過「大力水手」嗎?

看過!他讓我們小孩子也想跟著吃菠菜,像他一樣強壯!

柏楊大力水手漫畫冤案

作家柏楊曾翻譯一則大力水手漫畫,敘述主角與兒子都想當一座荒島的領袖。

柏楊把主角的對白翻譯成蔣介石的慣用語,結果被視為侮辱兩蔣,被送去綠島服刑。作家的事業與家庭就此崩毀…

一則漫畫,斷送了作家
十年光陰。

陳澄波

他看起來像個藝術家呢。

他很有名嗎？
怎麼從未聽說過？

沒錯，他就是畫家**陳澄波**，日本時代就已享有盛名。

二二八事件時，他參與協商，結果被槍決示眾，還不准家屬馬上收屍，任憑在嘉義街頭曝屍數日。

哼，這些人很可能做了什麼反政府的事情…

政府當然要用**霹靂手段**制裁囉。

別白費唇舌了…

她就像其他被洗腦的年輕人一樣，沒救了啦。

台灣歷史真相

台灣文學

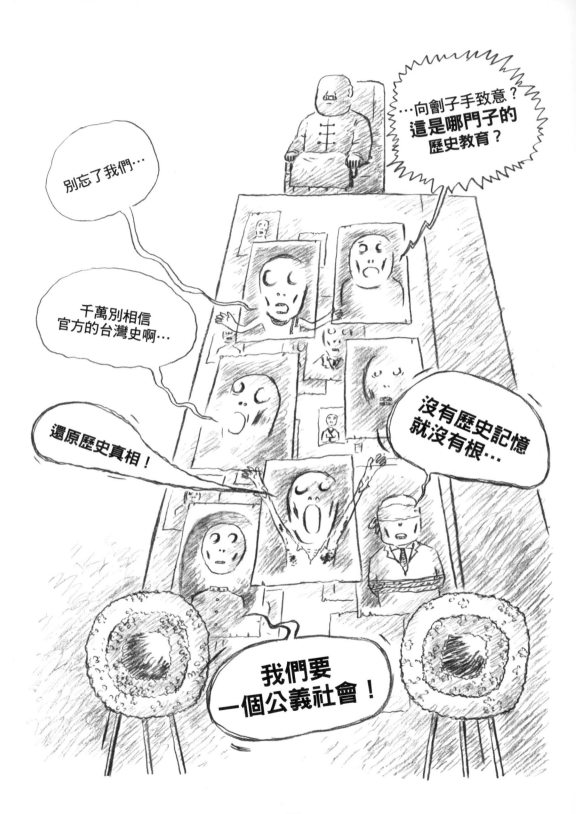

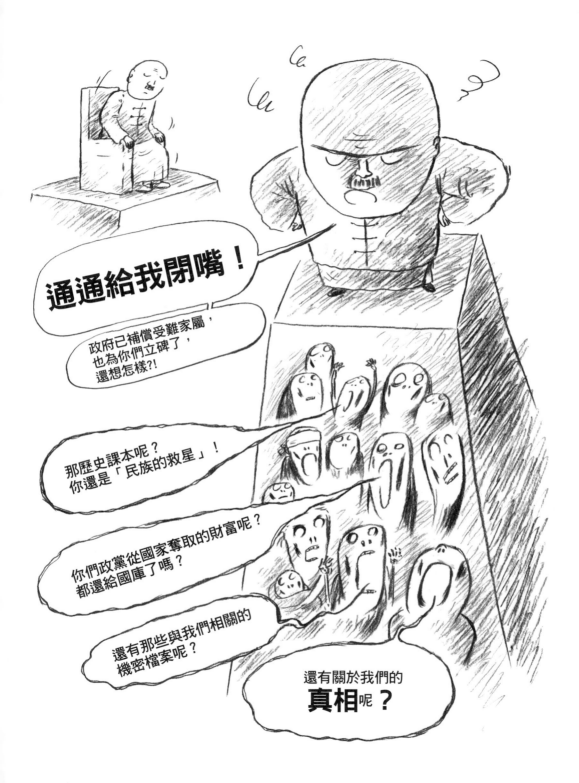

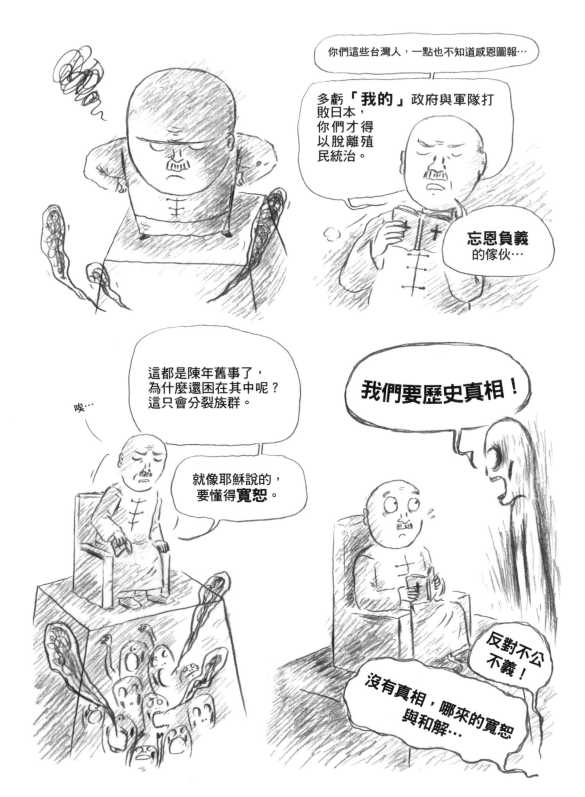

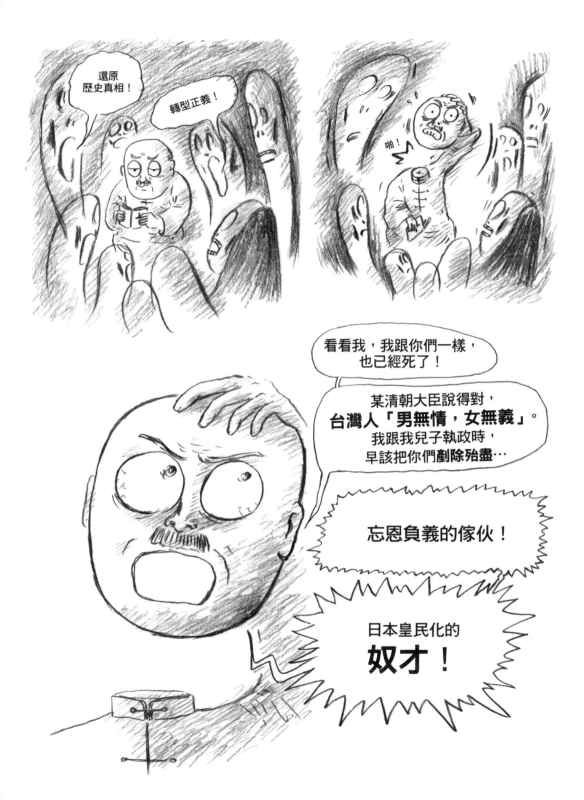

沒錯，那是我的死敵**老毛**來電…

管他中國國民黨還是共產黨，我們都是中國人，你們以及你們的子孫也都是！

不過我們已經和解了。

公投？
民主？
最聰明的作法就是加入偉大的祖國——**中國**！
什麼自由啊民主的，並不會讓你們賺錢的！

還原歷史真相！

追求正義！

**歷史記憶是
重責大任**

哼！你們愛怎麼說就怎麼說吧…

不論如何，比起億萬中國人，你們只是少數…

抵抗得了嗎？

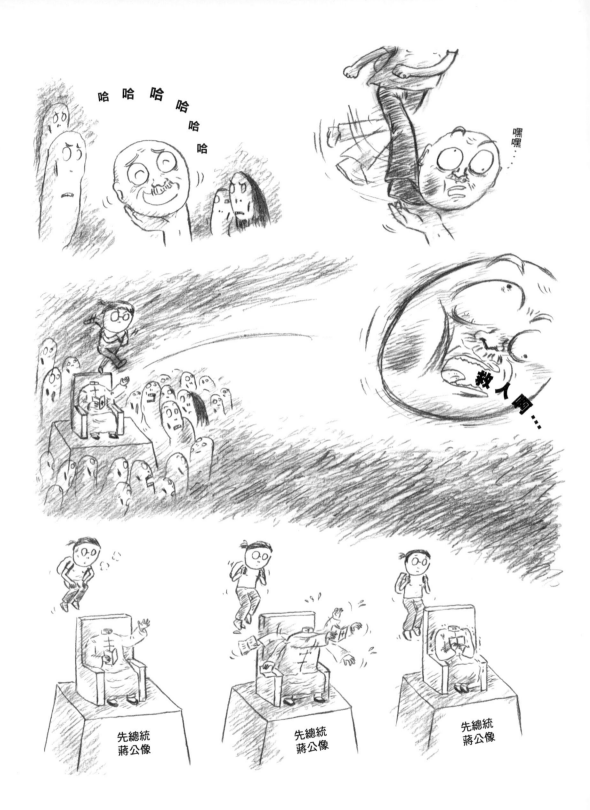

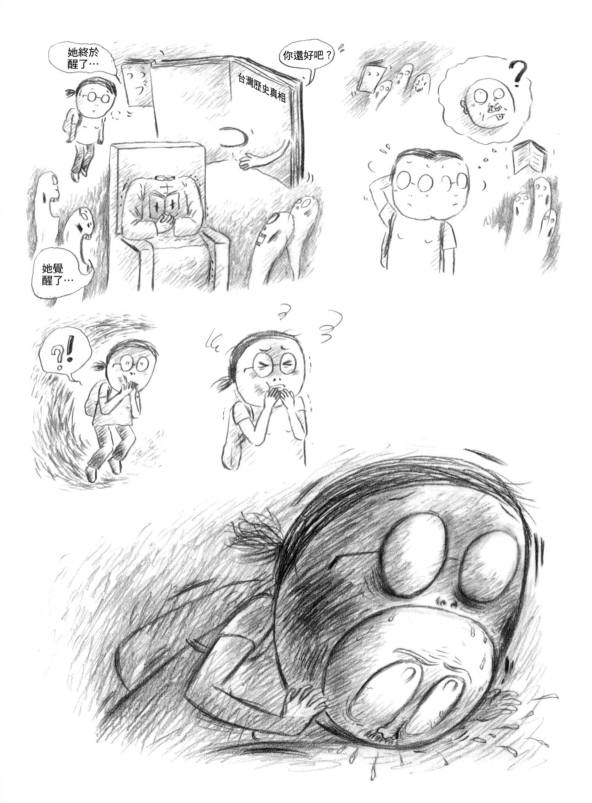

感覺好冷，可是又彷彿火直燒入骨頭一般。
我不知道為什麼要唸書，
我不知道我還可以相信什麼了。
我現在才意識到，腦中被塞滿了謊言，
完全不知道自己國家的歷史真相。

為什麼會這樣？

76

令人不解的是，林義雄住所當時應該隨
時有人監視，卻居然有人能夠闖入逞兇。

「中華民國」⋯⋯從小到大，師長說它是我們的國家，要熱愛它；但它是否尊重與愛護它的國民呢？

……一心一德，貫徹始終。

5

三民主義，非阮所宗

我越來越對從小深信不疑的「國家」滿懷疑問。從小奉行到大的「國旗」與「國歌」,再也不是我認同的國家象徵。

電影或表演前,總會放送國歌。聽說有人拒絕起立,我決定效法他們。

年紀還小的時候，我們被動地吸收國家烙在我們腦袋的意識形態。

現在我長大成人了，有機會了解以往被扭曲或遮蔽的台灣歷史，我可以自己決定如何看待這個「國家」。我不焚毀這面國旗，但我可以參與其他人業已實踐的運動。

這樣的辱罵，我們遇過幾次。

恐嚇威脅、肢體傷害、坐牢，甚至謀殺等，台灣民主運動前輩們吃盡了苦頭，我這個後生從來沒有遇過這些事……

如果我不曾醒悟，極可能淪為體制共犯，甚至是執行威權意志的劊子手，
因為武器不限刀槍，媒體與司法等也可殺人。
而我將深信我這麼做，是為了國家。
只是，吞噬自己國民的國家，還要去愛它嗎？

87

小時候的我，只是選戰的旁觀者。

請投候選人登記 ⑤

陳某人 ⑤
陳某人 ⑤
陳某人 ⑤

陳某人 ⑤
陳某人 ⑤
陳某人 ⑤

在學校…

根據儒家傳統觀念，人民要選賢與能。

候選人真的能賢能兼具嗎？

選舉時…

最佳選擇！

他真的賢能兼備？

懇請支持某某候選人 ①

還有其他場合…

某某候選人根本就是灑錢買票…

台灣在解嚴前就已舉行選舉，但人民與選出的民意代表並無法充分行事。
解嚴後，政治則又轉而為**黑金**所把持。

金錢用來買通選民。

黑幫份子則藉著選舉漂白，進入政壇，但不改黑道本色。
無法用金錢打通的，就用暴力恫嚇。

一九九四年，台灣舉行了兩場意義重大的選舉，
一為省長選舉，另外就是高雄與台北民選市長大選。

我頭一次意識到，
自己與朋友們對政治的看法，
有著鴻溝般的差異。

當時，儘管解嚴後媒體可自由發展，但並沒有馬上帶來
正面效益，而網路又沒有今日普及。

大家都知道買票的
是哪個政黨…

為什麼你還
支持他們？

反對黨只是一群沒教養的
暴力份子…

我說的才有理！

胡說，
我才對
啦！

為了不讓友誼破裂，我只好少說點。

一塊去咖啡
館坐坐吧。

好啊…

儘管風風雨雨，我
還是支持執政黨…

要選，當然選
擇比較不爛的
政黨啊。

台北市二戰後為省轄市，已舉行過民選市長選舉，一九九四年首次以直轄市規格舉行民選市場大選。

末代官派市長黃大洲也來參選。

中國國民黨
候選人
黃大洲

台北市有不少外省族群，所以儘管在野黨在其他縣市有所斬獲，卻始終難以在此有所作為。

不過，世事難料…

民進黨候選人
陳水扁

趙少康

新黨

這位原本是國民黨看好的後起之秀，後來與其他人成立新黨。

許多跟隨國民黨來台避難的外省族群，對台灣民主運動持保留態度。
李登輝的出身背景，不難想像部份外省族群對他有所疑懼。

李氏成長於日本殖民時代的台灣，曾擔任蔣經國任內的副總統，行事低調。

李登輝
少年時

蔣經國

當上總統後，他逐漸說出心裏的話。

二十二歲前，
我是
日本人⋯

荒唐至極！

李登輝接受日本作家
司馬遼太郎專訪

外省族群

中華民國是
外來政權⋯

忘恩負義
的傢伙！

讚！
說得太好了。

此言論傷害本黨形象，
更傷害人民情感。

台灣曾受荷、日
與國民黨統治⋯

但台灣人從來沒有
真正自治過、

這真是
台灣人的悲哀⋯

跟我同一輩的台灣
人，總害怕半夜被人
帶走，人間蒸發。我
希望這樣的事件不會
發生在年輕一代的
身上。

他說出了許多台灣
人多年來不敢說出
來的心底話⋯

他以為他是誰啊？
也不想想誰提拔他
當副總統的！

可惡！

這個台灣人偷走
了我們歷史輝煌
的黨！

95

台灣社會當時存在著這樣的偏見與歧視，而主流吹捧的，就是像趙少康這樣的外省子弟，還被視為「政壇金童」。

但到了台北市長選舉，政壇金童成了火力全開的中華民國捍衛者。處理社會爭議性問題，他的做法就是「通通抓起來」，令人不得不懷疑他要建立台北市「新秩序」的政見。

看起來表現不錯…

環保署長
趙少康

新秩序

趙少康 ②

趙少康 ②

新黨

新黨

轟轟轟…

轟…

你瘋啦？

如果惹上那些熱血的支持者，不知道會落得怎樣！

對不起啦…

網路當時還不普及，我自己也沒有參加什麼團體，我該如何表達我的看法呢？

街頭無名塗鴉者送給趙這撇小鬍子，表達了對他的不滿。

於是，從此我身上總帶著一枝速乾筆，隨時待命。

太好了，已經有同志來過了。

請支持趙少康！

請投二號！

解救中華民國！

他Ｘ的！

沒辦法擦掉…

趙少康最後沒有贏得市長選舉。陳水扁勝出，他試著讓陳舊的市府機器動起來，這樣的做法固然贏得民眾掌聲，但也並非人人歡迎。

趙後來轉戰媒體界，媒體在台灣的影響力，並不輸給政黨。

陳水扁的台北施政成效雖然有目共睹，他卻沒有因此得以連任。2000年他當選總統，成為台灣史上第一位非國民黨籍的國家領袖。
後來被以貪污罪名逮捕入獄，儘管審判過程有瑕疵，有些案件也已判定無罪，2008年起一直囚禁至今。

7

客家文化
社會議題
台灣歷史
福佬文化

原住民文化

地下電台，
自由之聲

小時候，我喜歡跟媽媽回外婆家。媽媽可以暫時跳脫婆家的圈子，我也樂得回鄉下跟表兄弟姊妹見面。

車站

財美佛具行

媽媽，還要走多久啊，我腳好痠喔。

就快到了，忍耐一下喔。

105

嚴肅的外公愛看書報。

小心點！
艾草粄
才剛蒸好呢。

廚房則是客家女子
的聚會總部。

我們小孩的地盤則在外頭，
吃喝玩樂都自己來。

熟了嗎？

嗯。

你是不是偷拿
阿公的報紙來
當柴火？

我…我以為是
舊報紙…

很久很久以前，有個貴族叫藍鬍子，他好幾個太太卻——失蹤…

除了玩樂以外，我們其實也跟著表兄弟姊妹學到不少東西。

比如說打撲克牌…

你可以這樣出牌…

快點啦…

…或者老師不好意思教的事。

哈哈，你們男生的玩意兒還真奇怪。

我抓我抓

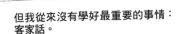

但我從來沒有學好最重要的事情：客家話。

（客語）（客語）（客語）

（客語）（客語）

??

客家族群與福佬人都是數百年前來自中國的移民後裔，但人數遠不如福佬人。客家人大都會說其他族群語言。

（客語）

（台語）

呷飯

而我只懂得幾個基本的生活用語。

一定又是舅舅或阿姨來電…

還在講電話，正事也不好好做…

就我自己的經驗來說，台灣其他族群並不一定會其他人的語言，我爸這邊的福佬家庭就是。媽媽使用客語時，也因此得以暫時跳脫婆家的圈子。

別擔心啦，我們可以跟你說台語或中文啊。

謝謝，可是我希望跟你們一樣，客語說得嚇嚇叫…

無問題啦。

對啊。

我真希望能學會媽媽的母語。我的學業成績雖然好，但客語程度實在很差。其他表兄弟姊妹的父母大都是客家人，所以他們的客家話就說得相當流利。

客語翻譯機啟動！

身處親友之中，卻無法完全理解他們的對話，
實在叫人沮喪不已。

1990 年代開始出現不少地下電台，它們的內容與主流媒體不同，不論是使用的語言或議題都很多元，更直接關懷本土社會。
當時網路還不普及，地下電台便成了我自修客語的空中小老師。

客語
白痴

即便生活在以中文為主的台北城，地下電台讓我得以時時溫習可能逐漸淡忘的母語。
當本土語言教學還未深入校園，本土語言電視台也還沒有正式成立前，地下電台提供了這些弱勢語言發聲的環境，讓它們散播出去，不就此凋零。

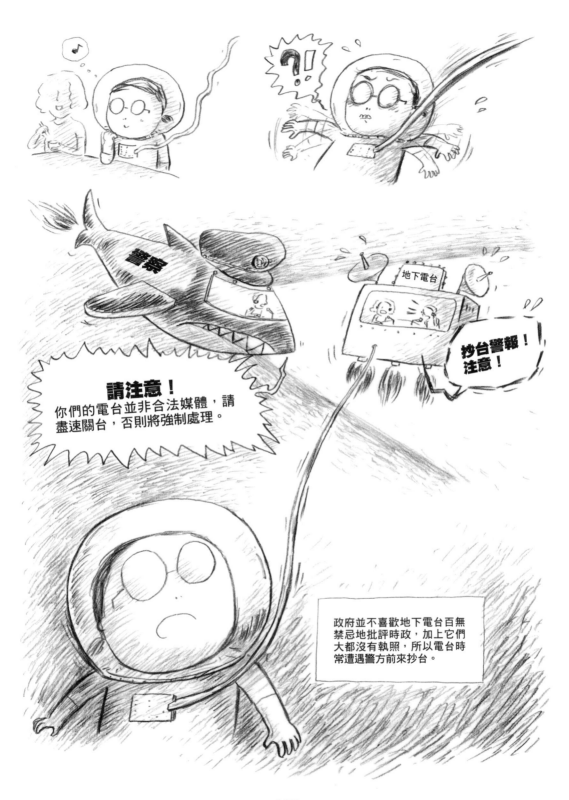

118

政府繼續掃蕩地下電台…

不過地下電台生命力很強，關掉一台，另一台又出現，就像解嚴前的黨外雜誌一樣。

也有些電台走向合法化，變得越來越商業化，也有的持續地下路線。

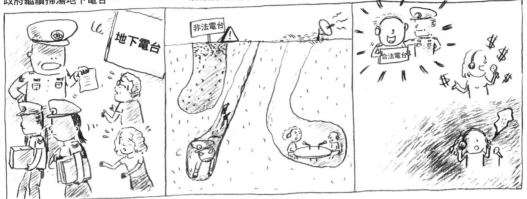

2003 年，台灣終於出現第一家**客語電視台**與**原住民電視台**。

無論我回台灣…

真糟糕，我的外語還是說得比客家話好得多…

或在國外…

以前許多政治人物不說中文以外的台灣語言，現在都開始說起台語、客語以及原住民語言了。

某個客家小鎮…

（客語）現在的後生真是的，客語都不會說。

其實我都聽得懂，可是我連基本的對話也說不出口…

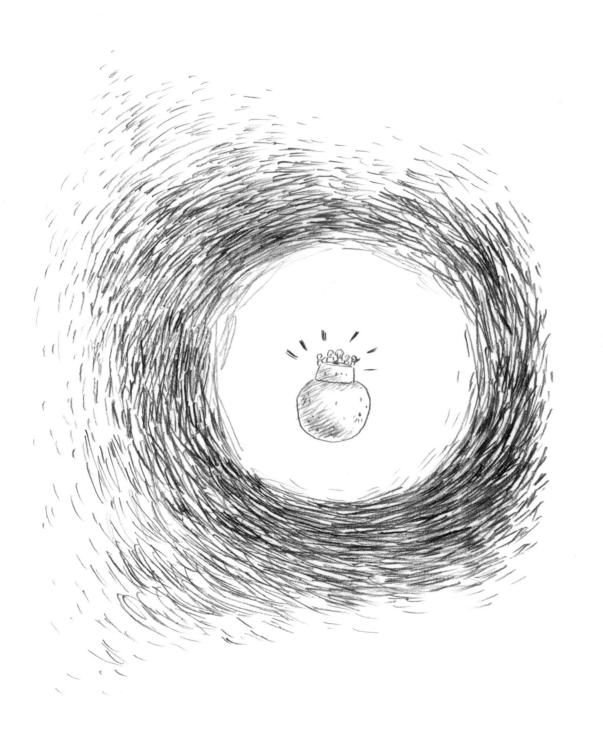

8

選舉無師父…

MONEY
MONEY
MONEY

台灣人俗稱新台幣為「**孫中山**」或「**蔣介石**」，原因很簡單，因為舊式鈔票上頭有這兩位要人的肖像。

不論選舉或平常的選民服務都要花錢，所以「孫中山」或「蔣介石」就成了政治人物最好的幫手。

不像法國，後者由政府統一寄發文宣，所有政黨的媒體曝光時間也嚴格要求平等，相反的，台灣候選人得要花大錢宣傳。

選舉有各式各樣的開銷…

還有些檯面下的開銷，在官方帳目中永遠看不到。

125

而這些地方椿腳送的錢與他們的酬勞，又會從哪來呢？

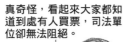
1994

媽媽，如果地方上真有椿腳為候選人活動，我怎麼從來沒有看過他們？

女兒啊，鄉下選舉與城市不同…

你已經離開家鄉很久了，當然看不出椿腳網絡的存在。

某某人就是…

天啊，某阿伯居然就是某黨椿腳!?

真奇怪，看起來大家都知道到處有人買票，司法單位卻無法阻絕。

…而且很多人還是投票給買票者代表的政黨呢。

再這樣圖小利而輕大局，我們的國家沒有什麼希望可言…

126

據說地方椿腳們非常清楚哪些家庭可以去活動，哪些家庭會拒絕遊說。他們通常跳過我們家。

我們要挺真正捍衛民眾權益的政治人物…

來，有事要麻煩你…

我買了一張民進黨募款餐會的餐券…

你可以代我出席嗎？

哇，募款餐會耶！

平常只在媒體上看到的民進黨要人，這時多人到場致意。他們若能團結一致，民主運動將更有希望…

可惜好景不常…

最讓我揪心的，是數位曾在台灣民主運動中受創的前輩。

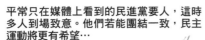

募款餐會

阮那打開心內ㄟ門，就會看見五彩ㄟ春光…

我看到了林義雄先生。我想起他倒在血泊中的母親與兩位幼女。這件滅門血案曾撼動了許多台灣人。

故鄉故鄉今何在，望你永遠在阮心內…

餐會上聽到台語或其他本土語言歌曲，讓我心中感慨萬千，這原本就是我們土地上的語言啊。
我不認為自己是排外的國族主義者（nationalist），我們甚至沒有一個清楚定位的國家可言。台灣，中華民國，中華台北…我們的國家究竟是何種樣貌？

台灣島嶼，原本美麗…

國民黨來台後，獨尊中國，壓制台灣本土文化…

我們成了在自己土地上的流浪者，只能努力保留與找回流失的本土文化。

中國詩人鄭板橋，因為國家被滅亡，從此只畫沒有土地紮根的蘭花，我們的狀況也類似。

回顧台灣歷史，後來者踐踏原有的文化，漢族移民壓迫原住民，國民黨威權政府壓迫台灣人民…

這樣實在很可惜。

如果哪天我們能用我們的母語流利地談論這些議題，像我們的長輩一樣，那該有多好…

為台灣乾杯！

敬台灣！

福爾摩沙加油！

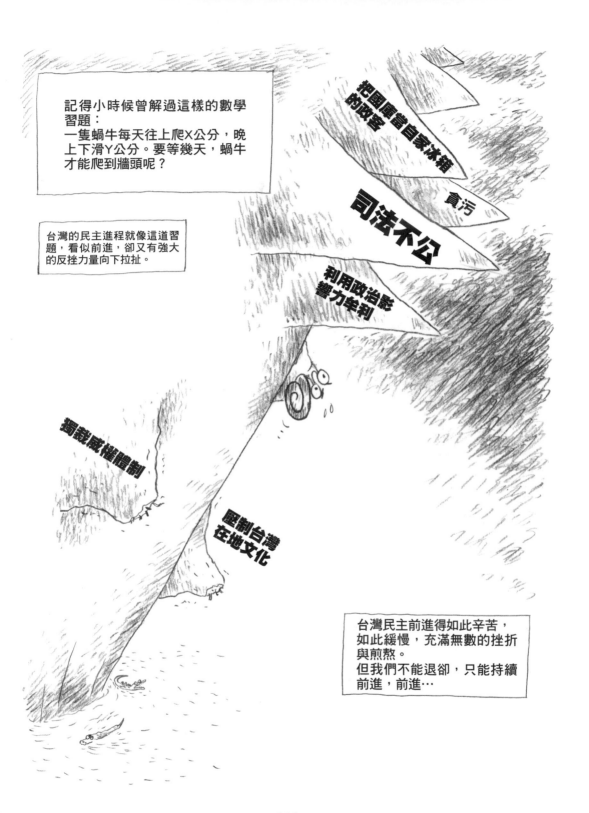

記得小時候曾解過這樣的數學習題：
一隻蝸牛每天往上爬X公分，晚上下滑Y公分。要等幾天，蝸牛才能爬到牆頭呢？

台灣的民主進程就像這道習題，看似前進，卻又有強大的反挫力量向下拉扯。

把國庫當自家冰箱的政客

貪污

司法不公

利用政治影響力牟利

獨裁威權體制

壓制台灣在地文化

台灣民主前進得如此辛苦，如此緩慢，充滿無數的挫折與煎熬。
但我們不能退卻，只能持續前進，前進…

9

日內瓦變豬記

JEAN CALVIN

新教先驅　喀爾文

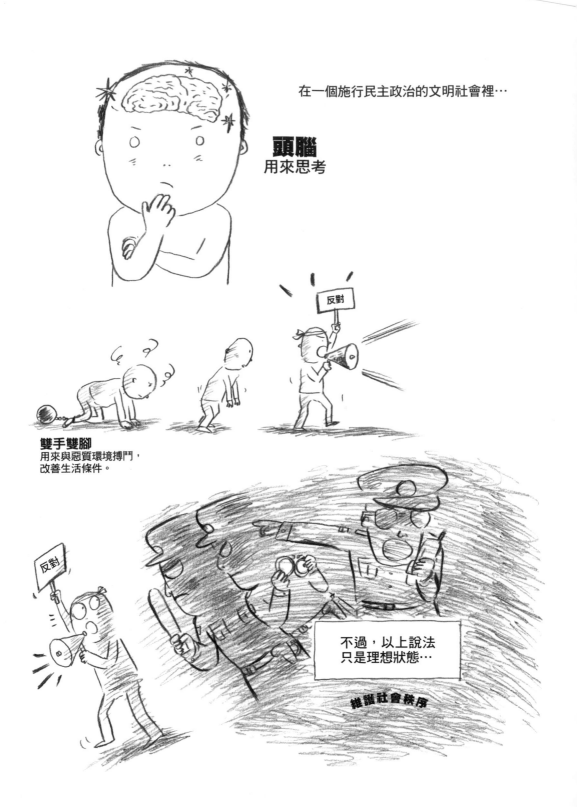

在一個施行民主政治的文明社會裡…

頭腦
用來思考

雙手雙腳
用來與惡質環境搏鬥，
改善生活條件。

反對

反對

不過，以上說法
只是理想狀態…

維護社會秩序

136

有些人認為他們有權禁止別人
思考…

給我乖乖服從就好，聽到沒？

VOUS NE FAITES
QUE M'OBÉIR!
COMPRIS?

可以限制別人活動…

…有權讓別人活得不像人。

這樣的事，應該只發
生在極權國家吧？

非也，我就是在基督
新教先驅喀爾文（Jean
Calvin）所在的進步國
度──瑞士，遇到這種
事的。

137

我已感覺不到雙臂的存在。

我的雙手被銬在背後，然後往上抬高，這讓我想起傳說中的一種文革必殺技：「坐飛機」。

2009 年，我去日內瓦參加民間宣達團的活動，表達台灣想成為世衛正式會員的訴求。
台灣官方代表團當時也在日內瓦，但他們參與的身分立場曖昧不明。我們幾個年輕人決定去與他們碰面，示威嗆聲。

138

可是，我並非身在
1950年代的中國，
而是一個繁榮進步
的西歐國家。

注意看喔，這就
是**喀爾文**以及其
他新教先驅的雕
像呢。

當歐洲新舊教關係緊
張時，日內瓦被視為
新教徒的避難所。

以前歷史課本所
說的，現在就在
眼前…

（阿伯是國內神學
院教授，民間世
衛宣導團成員）

示威前一天，
我們去參觀當
地著名的新教
先驅紀念碑。

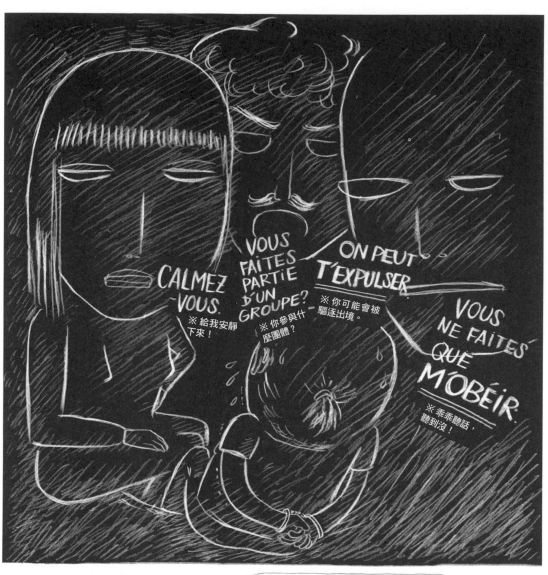

這就是哲學家盧梭出生的地方啊…

旅遊書上說，日內瓦自古以來包容異議人士，接納來自四面八方的避難者。

我們還去了盧梭故居朝聖。

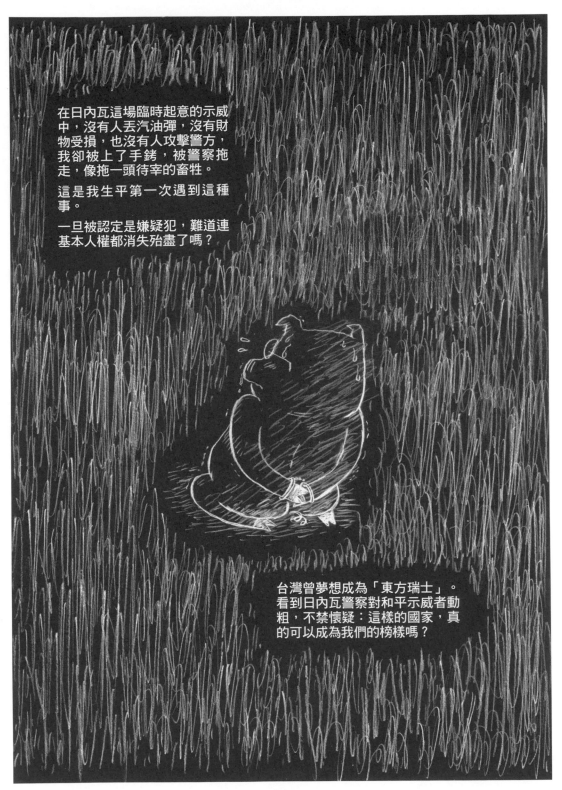

在日內瓦這場臨時起意的示威中，沒有人丟汽油彈，沒有財物受損，也沒有人攻擊警方，我卻被上了手銬，被警察拖走，像拖一頭待宰的畜牲。

這是我生平第一次遇到這種事。

一旦被認定是嫌疑犯，難道連基本人權都消失殆盡了嗎？

台灣曾夢想成為「東方瑞士」。看到日內瓦警察對和平示威者動粗，不禁懷疑：這樣的國家，真的可以成為我們的榜樣嗎？

142

143

你們真的就只關心這些五四三啊？

我們的外館對僑民權益受損漠不關心…

難道連你們這些媒體，也忘了本業的基本價值了嗎？

去吧，你們還是去日內瓦觀光與血拚，去官方宴會喝香檳吧。

你們根本不關心國家議題，不在意民眾權益…

不要再出現
我面前了。

哼，你會後悔的！

白痴…

踩什麼踩啊。

146

我們可以
自由表達
意見…

唉，民主啊
民主…

你看你，在西方國家循規
蹈矩，結果被這些洋警察
粗野對待。

他們對你，就像處理一頭待宰的豬。事情就發生
在新教先驅**喀爾文**所在的民主國家：**瑞士**…

西方人老拿中國人權問題
作文章，他們處理自家問
題時，又好到哪去？

他們粗暴逮捕你後，又丟給
你一張昂貴的罰單…

你說，這叫
什麼民主？

我相信，我們可以用文明與非暴力
的方式改變社會，進行屬於我們的
「革命」。

不論是警方或示威者，
我們不需要用武力解決
問題。

但我們也一定會站出來反抗暴政。

Bye Bye !

（完）

別想對我們的舌頭與腦袋開刀

林莉菁

　　當我還是個中小學生時，戒嚴無色無味，但早年在暗處乾涸的歷史血淚，透過「囡仔人，有耳無嘴」或「黑白講話半夜會失蹤」等話語，委婉地暗示市井小民明哲保身之道。爸媽最大的心願就是孩子「平安長大」，不要碰政治，課本裡寫什麼、老師怎麼教，背下來就對了。考試時記得吐出正確答案就好，不要問太多問題，「乖學生」就是模範生。學校老師要求我們使用字正腔圓的中文，中文不甚輪轉的阿公阿媽，曾讓我感到丟臉。

　　長大後，我才逐漸發現了統治者的歷史盲點，也看見了以「國民教育」之名，銬在自己思想與靈魂上，名為「政治意識型態」的枷鎖。

　　《我的青春‧我的 Formosa》是我對童年的反思，也是對那個戒嚴時代的反省。當年學會看大環境臉色偎向「體制」，學會鄙視自己的母語；當年還無法做出是非價值判斷之前，無條件地接受所有的「老師說」與「政府說」。這些體制的說法像晶片般深深植入自己的腦海與血脈內，我得拚命地讓自己吐完這些五四三，接著為自己補課，補回從小被故意忽視或醜化的台灣歷史與文化。

　　去年 2011 年十一月，《我的青春‧我的 Formosa》在法國出版，當時正是國內總統大選選戰期間。我在書本最後提出了對台灣現狀的幾點質疑：當中國特使來台，我國政府撤除國旗，這樣做是否合乎常理？當中華民國在台慶祝「建國百年」，比民國歷史更悠久的台灣原住民成了

活動亮點，但他們的社會與經濟地位仍屬弱勢，語言與文化流失，這樣是否合理？法國讀者看了，也不了解，為什麼一個號稱自由民主與主權獨立的國家會出現這樣的怪事。

今年 2012 年秋天，這本書在台出版，湊巧也是台灣解嚴二十五週年。記得 1991 年剛上大學時，曾有同學半開玩笑說，野百合學運之後，學生運動應該沒有什麼議題可以發揮了。二十年過去，證明那位同學果然愛說笑。

獨裁政體在解嚴後看似惡靈退散，但我們的島嶼從未認真面對過去，沒有根除戒嚴時代留下的種種危害民主至毒。解嚴以後，懂得隨著時代快速進化的新舊鬼怪橫行島上。歷史、人權、國民教育、司法、生態、勞資關係、性別教育與文化等面向都有解決不完的問題，有心者前進得非常辛苦。

當我在籌備台灣版時，不想賣掉家園的民眾祖厝被市府拆，財團非法建物依舊盤據著原屬於全體國民的美麗沙灘，被官方與資方漠視的關廠勞工苦行到台北城示威，媒體則成了大老闆的馬前卒，踐踏著社會運動先驅血淚換來的民主資產，舖天蓋地追殺異議者，連學生也不放過。

沒有了戒嚴，獨裁者們也都死去已久，但當今的新舊霸權要以更細緻的方式，再次在島嶼未來世代腦中植入他們意識形態的晶片，割除異議者的舌頭，要我們默默看著他人遭受踐踏，無力也無膽反抗，人人最好當個「有耳無嘴」的乖順「囡仔人」。

還好，現在的台灣少年人不像我當年那樣盲從，他們有的跟著都更受害者捍衛家園，有的參與守護原鄉文化的草根運動，也有人支持弱勢

的漢生病患，還有人串聯起來抵制媒體巨獸。有的背起吉他，有的拿起畫筆，以創作來為社會運動發聲。

當強權者想在台灣再造噤聲的長夜，這些年輕世代們以行動點起了一盞又一盞燈，這是真正照亮台灣前程的光明燈。我想起了更早之前島嶼上的點燈者，面對強權壓迫，不論是日本或國民黨威權政府，他們甚至傾注了自己的前程與身家性命，我們的島嶼才有今日民主尚能存活的土壤。

我誠心希望，有更多更多的人站出來，拒絕政商媒霸權對我們的舌頭與腦袋動歪腦筋，讓解嚴後的台灣成為一個真正自由、民主與落實人權的美麗之島，而不是只有權貴安心度日的特權階級天堂。

Grass 2

我的青春、我的 FORMOSA II 惡夢醒來

著：林莉菁

責任編輯 連翠茉
行銷企畫 吳凡妮

....

社　　長 郭重興
發行人兼
出版總監 曾大福
出　　版 無限出版
　　　　 電子信箱：service@bookrep.com.tw
發　　行 遠足文化事業股份有限公司
　　　　 地址：231新北市新店區民權路108-3號6樓
　　　　 電話：（02）2218-1417 傳真：（02）86671065
　　　　 電子信箱：service@bookrep.com.tw
　　　　 網址：www.bookrep.com.tw
　　　　 郵撥帳號：19504465遠足文化事業股份有限公司
　　　　 客服專線：0800-221-029
法律顧問 華洋法律事務所 蘇文生律師
印　　製 中原造像股份有限公司
初　　版 2012年10月1日

....

定價 　　280元
ISBN 　　978-986-88265-4-0
版權所有・翻印必究 缺頁或破損請寄回更換
歡迎團體訂購，另有優惠，請洽業務部（02）22181417分機1120、1123

國家圖書館出版品預行編目(CIP)資料｜我的青春、我的FORMOSA. II, 惡夢醒來／林莉菁著. -- 初版. -- 新北市：無限出版：遠足文化發行, 2012.10
面； 公分. --（Grass；2） ISBN 978-986-88265-4-0（平裝） 855 101017720